詩集 生きてやろうじゃないの！

武澤順子
監修 武澤忠（日本テレビ）

青志社

人生で大切なのは、今までではなく
これから……

序文　逞しき日本人女性のＤＮＡ

日本テレビ放送網株式会社　チーフディレクター
武澤 忠

３・11　東日本大震災。

五十年連れ添った夫を亡くした直後、追い打ちをかけるように襲った津波で家は半壊……。

伴侶も、住む家もなくし、母はまさに生きる希望を失くしていた。

そんな失意の中で綴り続けていた「震災日記」。そこには、誰にもぶつけようのない自然災害への憤りや、これからの生活への不安などが、実にリアルに綴ってあった。

しかしその言葉は、月日の流れと共に、少しずつ「前向きなもの」へと変化していく。

テレビディレクターである僕は、「被災地のリアルな姿を伝えたい」と、福島県相馬市の実家の母を撮り続けた。そのドキュメンタリーはシリーズで何度か放送されたが、中でも最も大きな反響があったのが、母の日記だった。

震災六年を迎えた平成二十九年三月、シリーズ七作目となる我が家のドキュメントを朝の情報番組「スッキリ!!」で放送したところ、初めて見たという若い世代から、多くの声が寄せられた。

それは、

「どんな困難にも負けずに、逞しく生きる順子さん（母）の生き方に感動した」

「まるで詩のような順子さんの言葉に、とても勇気をもらった」

というものだった。

「人生で大きな壁にぶつかった時の率直な思い」と、それにも負けぬよう必死に立ち上がろうとする「前向きな思い」……。

支えてくれたたくさんの人への感謝と、自分自身を鼓舞するために綴られた母の言葉が、誰かを勇気づけることが出来たなら、それを伝えるのが自分の役割だと感じた。

そして今回、毎日母が書き綴った膨大な日記や言葉の中から、特に僕が印象に残った言葉を拾い集め、「詩集」としてまとめさせて戴いた。

（詩と言うよりはエッセイ的だったり、俳句のようだったり文章の形態は様々ですが）

そしてこの本をつくる過程で一番感じた事は、日本人には……特に日本人女性には、どんな困難にぶち当たっても、乗り越えられる「逞しさ」、「生命力」があるんだということでした。

そんな誇るべきDNAを、我々は持って生きているんだ！　ということです。

『あらゆることに意味がある　人生には何ひとつ無駄はない』

この母からのメッセージで、多くの方の気持ちを前向きに出来たなら……。

これまでの様々な困難も、まんざら無駄ではなかったと思うのです。

目次

第二章　「もう一度生まれ変わっても……」　亡き夫へのラブレター

第三章　老いてなお「生きていく」ということ

第一章

東日本大震災
それは絶望から始まった

千年に一度という大震災。五十年連れ添った夫の死後、
百日も経たずに襲った津波で家は半壊。
その時の、偽《いつわ》らざる心の叫び……そして絶望から母が
立ち上がったキッカケとは？

3・11

3月11日　あの時　猛《たけ》り狂って咆哮《ほうこう》し
大地を襲った海は本当にこの海だったのか
今は静かに潮騒の中で
白い小さな波頭が見えるだけ
ゆうゆうと流れてゆく雲よ
お前は何を見ていたの？

小さな蟻のように
人々がもがき苦しむさまを
黙って見ていたの？

津波

地震が怖いと思ったのは　生まれて初めて
外に飛び出したことなどなかったのだけど
ヒタヒタと迫ってくる　白っぽい波頭を見たとき
生まれて初めて　恐怖を感じた
たくさんの思い出が詰まった築五十年の家が
濁流《だくりゅう》に襲われ泥まみれ
お父さんが残したこの家を

守っていくのが私の役目だったのに
もう住めないんだって……

ある意味　戦争より怖いよ
戦争は憎むべき相手がいたけど……
天のしたこと　憎みようがないじゃない……

絶望

いっそ一気に逝《い》ってしまったら　どんなにか楽だろう
神様はどうしてこんなにむごい亡くなり方を
人間に強いるのだろうか
突然の自然災害に　人はこうも無力なのか
震災はあまりにも規模が大きく　原発の問題もある
相変わらずの放射能騒ぎ　福島県産　野菜　牛乳　不買決定
泣くに泣けない四次災害ではないか
牛乳が飲めないでどんどん捨てられていく　胸が痛む
腰は痛いけど　薬もなくなってきた　どうしよう

瓦礫《がれき》

床上浸水してる家を思うと
いくら元気にふるまうつもりでも　ガクンとなってしまう
きょうも廊下のキャビネットから写真を出して
見ないで捨てた
私の半生の思い出が　いっぱい詰まっていたのに
一枚づつ見ればあれもこれも想い出してしまうから
思い切ってゴミの中へ
どうせ私が死んでしまったら　唯《ただ》のゴミに過ぎないのだから
人生の大切な宝物も　世間では瓦礫と言われる
本当は瓦礫なんて　どこにもないのに

草むしり

震災から半年
あれから私は　雑草に追われ
草との闘いに明け暮れている
あんなにきれいな庭だったのに、今は泥まみれ……
悔しさからか、額から顔中に流れる汗は

目に沁《し》みながら頬を伝い
涙と共に大地に沁みこんでゆく
折角　汚泥《おでい》を撤去《てっきょ》していただいた庭だけには
雑草などはびこらせてなるものか
一本一本草の根を引き抜きながら
闘ってるつもりの私なのだ

家の解体

毎日片付けていた家を解体することに……
もう危ないから壊すしかないんだって

バリバリと　薄皮《うすかわ》せんべいでも割れるような音がして
柱や屋根が　引き裂かれていく
まるで　自分の手足が切り刻まれているのを見るようで
辛く　苦しい
腰から下がしびれて　両足がガクガク
まるでピノキオ状態

抜けるような青空だったのに　白い雲が寄ってきた
孫悟空《そんごくう》みたいに　お父さんが雲にのって
家の最期を　見届けに来たのかな

家の形が何もかもなくなって
未練と　悔しさと　悲しさを
同時に持ち去ってくれるなら
それも良しとしよう……

金婚式

どこにいったか　わからなかった
金婚式の賞状が
解体した家の中から出てきたよ
作業員の若い人が　見つけたよって
届けてくれた
お父さんと連れ添《そ》った五十年の証し

こんなときに出てくるなんて
やっぱりお父さんが来てるんだね
私は生きてなきゃ駄目なんだね
生きて　後始末をしなけりゃ駄目なんだね
こんなことなら生きてるうちに
もっと仲良くしておけば良かったね

諸行無常《しょぎょうむじょう》

台風一過《いっか》の抜けるような青い空
昨日のことはなかったように
ゆうゆうと浮かぶ白い雲
諸行無常とは　このことか

上を向いても切りがないし
下を向いても切りがない

黄色の花

ひび割れた大地を見ていると悲しくなるが
それでもお父さんが最後にまいた
大根かカブの根が残っていたのか
菜《な》の花のような黄色い花が咲いていた
黄色は希望の色……
いつかまた緑に覆《おお》われる日が
来るのだろうか

役目

お父さんを見送ったら
私の役目は終わり
長生きなんて望んでいなかったけど
思いがけない大災害からも生き延びた

でもこれにもきっと意味がある
生き残った人間には
何かの役目があるのだろう

生も死も　天の定めであるならば
これからは家族のみんなに迷惑をかけないよう

元気な身体で生きていたいと思う
いや　生かされていることを忘れてはいけないのだ

いくつもの歳月を重ねて　訪ね来し海に　手を合わせる
失われた命　失われた日常は　かえることはないけれど
生きとし生けるものには使命があり
例え地面に這《は》う蟻たちのように　歩みは遅く　むなしい努力であったとしても
命の限り　生きねばならぬ
これもまた　定めなり

塩水にも負けず　雑草が生き延びた
虫も生きている
ならば人も生きなければ

試される

それぞれに置かれた立場で生き抜くことを
先ずは自分から覚悟するしかないと思う
明るい未来というよりは
確実な現在《いま》をどう生きるかを
試されている気がする

雲よ

おーい、雲よ……
あの日の雲ではないだろうけど
あの日の私でもないんだよ
あれから……しっかり生きてきたんだよ

被災者としての誇り

私は私の命の許される限り
生きてやろうじゃないのと腹をくくった
さまざまな援助も受け　そのご恩に報いるためには
被災者自身が覚悟を決めて立ち上がらなければ
前には進めないのだと思う
被災者としての　誇りでもある

老いの身で大きなことは言えないが
ささやかにでも私は生きる

子供たちのためにも　自分のためにも　まだ死ぬことは出来ない
この災害ではじめて知った　生命の重さなのだから
沢山のありがとうを　鹿狼山《かろうさん》に向かって叫びながら
あふれる涙を止めることが出来なかった
災害から一年半　長らえているきょうの生命は
皆さんに支えられていることを　感謝しながら……

長らえし
命たずさえ訪れし
故郷の山の　ありがたきかな

生きてやろうじゃないの!

生きてなきゃならない運命なら
生きなきゃね
生きようじゃない
だけど生きるってことは

辛いこともあるよ
死んだ方が楽だと思ったこともあった
でも今　生きる方向へ向かうのよ
生きてやろうじゃないの！

第二章

「もう一度生まれ変わっても……」
亡き夫へのラブレター

生きているときは喧嘩ばかりしていたのに、被災地で生きる母を一番支えたのは、結局父だった気がする。

そして今回、初めて思った。

震災日記は、亡き父へ捧げる、母からのラブレターなのではと。

祭壇

お父さんの写真が笑っている
あんなに嫌だった　おーい、おーいと呼ぶ声も
今は聞こえず
しなびたミカンを供えても
新しい花にかえてもらっても

何も言わない お父さん
しぐれ来て アルバムめくる 目に涙

大福もち

買い物から帰ってくると
茶の間の窓の外から
おーい　おーいと呼びつける
はーい　と返事をしても聞こえない
私が姿を見せるまで呼び続ける

何時でも自分の思ったところに
私がいないと不安なのだ

小さな子供が母親の後を追うように
姿が見えないと探し続けた
あるとき
あまり大福もちばかり買ってくるので
〃また　大福なんか買ってきて！〃 と怒ると
〃どうせ食べるくせに〃 とニヤッと笑った

それでも絆があった

あんなにひどいお父さんだったのに
死んだらそのひどいのが抜けちゃうんだから
不思議だよねえ……
夫婦五十年もやっているとね……
忘れようにも忘れられない
いろんなことがあるの
……これが〝絆〟って言うんだろうね……

芯《しん》から憎たらしくって
〝死ねばいい〟って思ったこと何回もあるけど……
結局本当に死んでしまうと
もっと優しくしてやれば良かったとか……
なんでお母さん残していっちゃったのとか思って……
五十年って一言でいうけど
五十年の絆っておそろしいよ
憎しみも　何もかも　流してしまうんだからね

再建

「こんな良い屋敷はないぞ」
お父さんの口癖だった
晴耕雨読《せいこううどく》　釣りを楽しみ　畑に精を出して
ナスの神様などと自慢していたお父さん
築五十年　一番のお気に入りは茶の間だったね
茶の間はお父さんの　小さなお城

平成二十三年三月十一日
この家の運命が尽きた日

大好きだった茶の間もなくなった
でも災害に遭《あ》った悲惨《ひさん》な姿を見ないで
大好きな家のままで逝ったお父さんは　幸せだった

再建した家の火入《ひい》れ式
新しい家の歴史が始まる
庭では二羽の雀が　ツンツンとおっかけっこ
露草《つゆくさ》の青い花が　緑の中に埋もれている
せめてこの花に負けない　真っ青な空を
ひとときだけでも見たいものだ
この家の　茶の間の窓から

再建はしたけれど

雲よ　何処から来て　何処へ流れていくの
去年の今頃は　絶望と不安と焦燥感《しょうそうかん》にさいなまれながら
流れ行く雲を恨めしく見ていたこともあったけど
今はほっと一息
お父さんの家が出来たんだよ
降りてきて縁台に一緒に座ろうよ　と

柄にもなく優しい気持ちになっている私
あんなにうるさく呼ばれてうんざりしていたのに
新しい茶の間の窓は
きれいな白いレースのカーテンが揺れるだけ……

空耳でもいい
もう一度　おーい、と呼ぶ声が聞いてみたい

お父さんの背広

物置を整理していてついに発見
実に半世紀前に仕立てたお父さんの背広
結婚記念に両親が　オーダーメイドしてくださったものだろう
仙台にいた時から　箪笥《たんす》の上に　箱に入ったままあったのを
私だけが覚えていた
他所行きとして　大事に取っていたのだろう
よごしやさんだったから　汚されたりするのが嫌で
知らんぷりしながら　しまっていた
幸い津波の時も高いところにあって　被害を受けなかったのだ
お父さんはこの背広があることも知らず
見たこともなく　逝ってしまった
家を解体したとき　どこに移したかも忘れていた

最近物置が壊れてきたから　もしかしてと思って探してみたら
やっと発見できた
お父さんはスラリとしてたけど　息子も孫も体格がいいから
お下がりにも出来ない
お星さまになったお父さんに着せることも出来ない
スタイルは若いころから変わらずに
背広とネクタイが似合う人だったのに
一度も着せてあげることができなかった
ゴメンね！　お父さん！
今頃、くしゃみしてるかも

お父さんの星と
月が並ぶ
今日も一日　ありがとう

敬老の日

今日は敬老の日
お父さんが生きていた頃は
東京の息子から電話がないとうるさかった
何も品物はいらない
ただ一言おめでとうと
声をかけてもらいたい人だった

自分の誕生日　父の日　敬老の日
必ず東京の息子家族の声が
聞きたかったのだろう
「モウスグ　ケイロウノヒ」
わざわざ電報を打っていた
自分は孫たちの誕生日も忘れているくせに
勝手な人だったけど
今では笑える

一番星に祈る

この空の下　地球の上で何事が起きようとも
歳月をかけてつむがれる　人々の暮らしがある

巡る季節の中に　大気不安定があろうとも
春にさきがけ　我が家のあんずの古木にも花が咲き
凍土《とうど》を割って　ぞっくりと　つぼみを出した水仙が
黄色い花びらを開きかけている
椿のつぼみも膨らんで　れんぎょうが芽吹き始めた

今になって　どんなに支えられていたかとつくづく思う
長い生活の間にはいろいろあったけど

もう一度人生があるとするならば
また同じ道で良いよと思っている

何といっても家族思いだったことは
今になってどんなに支えられていたかを思い知らされていることが
何よりの証なのだ

今でもお父さんの星を見上げて
毎日皆の無事と　きょう一日の感謝を報告しているよ
災害から六年　お父さんが亡くなってから六年
お父さんと同じ年まで生きさせてもらった
お父さんが見守ってくれているんだとしみじみ思う
お父さん　ありがとう

割《わ》れ鍋《なべ》に綴《と》じ蓋《ぶた》

今日は私の誕生日
丁度　お父さんの亡くなった年齢でもある
お父さんと同じ年まで生きましたよ
今晩　いつも見上げるお父さんの星に報告しよう

六年もの間　みんなに　生かされてきたんだね

大正生まれの　絵にかいたような関白亭主
昭和一桁のイエスマン女房
案外　割れ鍋に綴じ蓋だったのかも……

思えば修羅《しゅら》の日々もあったけど
とにかく良く働き　良く遊ぶ人だった

お父さんの星に　何時も祈っている
必ずお父さんのそばへ行くからねって……
どんな思いをしてもいい
やっぱりお父さんのそばへ行くよって……

もう一度人生があるとしたら　もう一度お父さんと歩みたい

晩年立場が逆になり　私の方が我儘《わがまま》だったかも
もっと優しくしてあげれば良かったと
今更ながら思っています

ごめんね　お父さん　私の方が長生きするかも

これからも　見守ってね

第三章

老いてなお「生きていく」ということ

この年齢になったからこそ気づいた人生観や、達観した想い。
時にユーモラスに、時にシリアスに、母は日々の暮らしを詠《よ》んでいる。

鏡

目じりに刻まれる
横のしわは　まだ良い
すさまじい程の顔中のしわがあっても
鼻の下　唇の上を全部覆《おお》った
縦のしわは許せない
眉間の一本の深い縦のしわは
若いころからあった
そもそも鏡をしみじみ　のぞくこと等ない日常
朝起きたら　口をゆすいで
冷たい水道の水で　ふるふるっと三回顔を洗ったら

そのままの時もあった
今ではお湯が出るから　ぬるま湯で洗い　乳液をちょっぴりつけるだけ
今となっては遅いのさ
何をしようと　このちりめんの様な顔のしわが
とれることもないし
とろうとも思わない
やや濃いめの眉毛に　小さくくぼんだ一重目
今やしわの中に埋もれている
通じの悪い小鼻に　うすい唇
ほっぺがくぼんで　そこにも深いしわ
何度　鏡を眺めても
一向に減らないしわとしわ

どうしよう

今日も一日中　身体じゅうが痛いけど
思い切って少し　物置の片づけをした
捨てるものは捨てて整理しなければ
残された方が大変になる
そろそろ身辺整理をしなければと
捨てられない私も踏ん切りがついた

古い懐かしい写真が出てきたけど
汚れてしまっていて　どうしよう

お父さんが孫たちを連れて公園へ行った時の写真
職場の新年会　同僚たち
いちいち思い出がよみがえる
さっぱり　はかどらなくて　どうしよう

古い写真は懐かしいけれど
汚れてしまったのはどうしよう

もったいないから

また腰が痛いけれど
どうせ腰は何もしなくたって痛い
太陽がもったいないから
洗濯も少ししよう

痛い　痛いも　生きてる証し
ジャムの蓋《ふた》
開けられぬまま　白いパン

片付け

平成になって二十九年も経つのに、昭和が一気に飛び込んできた
つぶれかけた物置を片付けていたら、思いがけない音の贈り物
捨てようとしたカセットテープが生きていた
ラジオから録った曲の数々
過ぎ去った日々の　エネルギーを感じる

音楽は良い
ささくれた神経を癒《い》やしてくれる
ごみの中から見つけた宝物
ひとつひとつ　まだ聴けるか確かめる楽しみが出来た

曲を聴きながらありありと浮かぶ面影
まだ若くて元気だった私もいた
プラターズの『オンリー・ユー』が　絶妙のハーモニー

ナット・キング・コール　レイ・チャールズ
プレスリーの『好きにならずにいられない』
ジャンルは様々……
しばらく忘れていた私の愛した時間を
思い出させてくれた
題名は忘れていても曲は覚えている
懐かしくも美しい音の世界に
身も心も委ね
ひととき夢を見る

トワ・エ・モアの大好きな曲　『誰もいない海』
災害に遭《あ》ったあの海を思い出す
夏が来ても　海水浴客も来ない　誰もいない海
狭い砂浜　虚しく寄せる波　返す波
浜辺の砂に埋もれた貝殻
いつの日にかまた　拾いにゆく日が来るだろうか

よしとしよう

平成二十九年五月末
まだうぐいすが鳴いてくれる
よしとしよう
リュウマチで両手両足　肩　腰　身体《からだ》全体痛むけど
おはしも持てるし　家の周りも一周出来るから　よしとしよう
目がしょぼついているけれど

青い空も　赤いバラの色も　はっきり見えるから　よしとしよう
「お年ですから」と病院でだって言われてる
これ以上悪くならないように　薬を飲んだりリハビリしたり
通院できるだけ　よしとしよう
老いは誰にも止められない
誰もが通る道
よぼついていても自分の足で　前へ進めるだけ　よしとしよう
自分自身の身仕舞いが　できるならそれで　よしとしよう

消しゴム

まだ　私の頭の中の消しゴムに　記憶を消されてしまわないうちに
思いつくように　いろいろ綴ってきた
しっかり立つことも出来なくて　よろよろ歩き
こんな姿　誰にも見られたくはない
息子が来るまで　少しはしゃんとしたいものだ

もう何もかも過ぎ去って……
それでも　鹿狼の山の姿だけは変わらず
ふもとの小さな人間たちの営みを
見下ろしていることでしょう

自然の中で人間の営みなんて　蟻のようなもの
せっせと働き　やがて土にかえっていく
たかが人生　されど人生
どうせ生きるのならば　悔いなく残りの人生を過ごしたい
これ以上の災難に遭うことは　再びないことを祈りながら生きてます
あれこれ想い出しながら　今日も一日　無事に過ごせますように

笑えば　辛いことが
逃げていく

サザエさんではないけれど
今日も良い天気

無理をせず

息をするのも苦しくなるほど　腰が痛くなる
私の近頃の体たらくは何たることか
痛いところの数え歌ばかり
こんなことで生きてるなんて　言えないではないか
壊れかけた身体で　壊れかけた物置を片付ける
やっぱり　まだまだ仕事がある　役目があると知らされた
重い身体も　足腰も
痛む両手も　生きている証しか

出来ることだけ少しづつ　無理しないで働こう
まだ眼鏡をしないまま　針の目を通せるのが嬉しい

五十肩　八十過ぎても
五十肩

天命

命があると云うことと
生きると云うことは違います
生きると云うことは

覚悟がいると
近頃しみじみ感じて居《お》ります

ゴメンね

坂道を転がるように
老いの衰えが進んでいく
元々の足腰の痛みに加え
リュウマチで手の甲も手首も痛むから草むしりも出来ない
歩こうとすればふくらはぎが痛み
横になれば頭がぐっと引き込まれそう
目は開いてるだけでしょぼくれて
ろくに新聞も読む気がしない

もう人様の前に出ることもないから
シミも皺《しわ》も斑点《はんてん》も恐れることはないけれど
年を重ねる毎に増える身体の不調に参ってしまう
お父さんはすべすべした白い肌のままに逝った
私の最後は泥人形のようになるのかな
最後を看取《みと》ってくれる人たちに
ゴメンねを言っておこう

第四章

飼い猫ブログ　「おいらの独り言」

母が、亡き夫の忘れ形見であり、いつしか〝生まれ変わり〟だと信じるようになった飼い猫の「おいら」。最近、顔まで父に似てきた。

八十を過ぎた母が、猫の気持ちになりきって描写しているのが微笑ましい。

メタボ猫

おいらに成り代わっての独り言①

吾輩は猫である
名前はもちろんある
性別もわからないときはチヨと名付けられたのだけど
すばしっこく　いたずらばかりしていたら
この家のおばあさんが「おいら」と呼ぶようになり
いつのまにかみんな　おいらとしか呼んでくれなくなったニャン
まあ　名前などどうでもいいさ
何を隠そう　おいらは捨て猫
野良ではなく　れっきとした家庭で生まれたのだが

兄弟が多く育てきれなかったのか
子猫の時に　中学校の校庭に段ボールに入れられて捨てられていた
それを当時中学生だった
おばあさんの孫の奈美さまが　拾って連れてきてくださったのだニャン
おばあさんの家なら庭も広いし
古い家だから遠慮なく駆け回ることができる
この家のおじいさんは大の動物好きで
おいらをとても大事にしてくれた
いつもお酒を飲むと大きな声でおばあさんをこきつかっているけど
本当は優しい人
人間の友達がいないのか　いつもおいらのことは可愛がってくれた
晩酌《ばんしゃく》のおともは　いつもおいら
かまぼこ　おちゃちみ　なんでもおすそ分け

朝寝坊のおばあさんにかわって　おじいさんが朝ごはんも用意してくれた
おばあさんのほうは、あんまり猫好きではなかったけれど
おじいさんも亡くなって六年
いつも優しくしてくれる　背中もカキカキしてくれるニャン

六年前と言えば大震災があった年
おいらも立派な被災猫
あの大揺れに揺れた時は
慌てておこたから逃げ出して松の上にのぼって一夜を過ごした
おばあさんは近所に住む娘さんに助けられ
車でバイパスの方まで避難した
真っ黒な泥波《どろなみ》が押し寄せた時には
怖くて木の上で震えていたニャン

翌朝　隣のパパさんに助けてもらえたけど
おいらの家は泥にまみれ　もう住めなくなったニャン

あれから六年
なんとかおばあさんは家を再建し
いまはおいらと二人暮らし　おいらが唯一の相棒ニャン
災害の頃は元気だったおばあさんも
八十四歳で身体じゅうが痛むらしく
朝起きるとしぶい顔をしてるニャン
バンビーノだったおいらも何時しか中年に
顔は小顔でもお腹だけは垂れてるメタボなおっさん猫
寒い冬はかまやではなく
おばあさんのベッドに入れてもらう

眠れないとうるさがるけど
背中合わせのぬくもりは　おばあさんだって悪くないはずニャン

毎日　食っちゃ寝
食べて遊んで　寝るだけの
お気楽ニャン生
試験も何にもニャー

最近家でグータラしてることが多いおばあさんと
ソファのポジション争い
でも　どうせ身体じゅう痛いからと　おばあさんは
一念発起して頑張って物置を片付け始めた
おかげで　おいらの昔の写真やいろんなものが

出てきたと喜んでいる
やったぜ　おばあちゃん
これからも　よろしくニャー

メタボ猫　おいらに成り代わっての独り言 ②

夕方五時になったら
缶ジュメタイム
どこへ行っても帰ってくるニャン
ミュージックサイレンが鳴る前に
おいらの腹時計は夕食の時間がわかるのさ
そろそろおばあさんのラジオ体操が始まる
トイレの掃除をしてからお布団敷き
しばらくおばあさんの周りをウロウロしている内にサイレンが鳴る
さあ、おいらの「缶ジュメタイム」
「おちゃちみ」の時もある
おじいさんが元気だった頃は毎晩おちゃちみにありつけたけど
おじいさんが亡くなってからは時々

おばあさんが　自分が食べる分を分けてくれるニャン
夕飯が済んだら　さっさと家を出て社会探訪　ぐるりとお散歩
家の後ろの庭は広いから、大好きニャン

思えば災害の時は松の木の上で震えながら過ごしたニャン
あのときは、ひもじかった
おいらも今月で満十歳
人間でいうと六十歳くらいだけど　まだまだ狩りの意識はある
ネズミだって捕るし　カエルや鳥だって追いかける
昼間はおばあさんの家で寝てばかりいるから、
夜になってからが活動開始
ほとんど野宿
朝はお腹がすいて家に入れてほしいけど
おばあさんは朝寝坊だから　入れてくれないのだニャン

メタボ猫　おいらに成り代わっての独り言③

テーブルに置く方が悪いのか
取ったおいらが悪いのか
魚の匂いがぷんとして目の前にあれば
据え膳食わぬは何とやら
しっかり煮魚を頂戴《ちょうだい》したニャン

おいらの晩御飯は「缶ジュメ」で終わっていたのだが
おばあさんもノンキというか　間が抜けているというか
自分の煮魚を台所のテーブルに置いたままお散歩へ

帰ってきたとき　知らんぷりしてすれ違ったが
おいらを見て　おばあさん　はっと気付いたニャン
もしかしてと台所へ駆《か》け込んだときには後の祭り
残りはしっぽだけ

お父さんがいたずらした時の顔とそっくりだと
悔しがるおばあさん
歯ぎしりしたくとも　入れ歯だから
それも出来ないだろうニャン

息子家族　帰省のあとに

門のそばまで送って走り去る車にカメラを向けた
心には刻《きざ》みつけた
この身に羽根があるなら　追っても行けよう
また来てねと心の中でつぶやいた
今度は何時《いつ》逢えるのだろうか

楽しくて　やがて哀しき　宴かな
にぎやかだった分
独りぽっちになったのは堪《こた》えたのかも

線香花火のようにチリチリと
一時、輝いて　ぽとりと火の玉が
落ちるときの何やらわびしい
淋しさが残った
開け放した続き座敷の中央に　ポツンと座って庭を見る
腰の曲がった松の木の苔むした枝が揺れている
縁側でゴロニャーンしているおいらに話しかけてみたら
ニャーンと答えてくれた

お父さんの〝生まれ変わり〟

今膝の上でぐうぐう言ってる「おいら」はお父さんの〝生まれ変わり〟
娘ファミリーと一緒に私を守ってくれています

今いるおいらは　奈美ちゃん（孫娘）が中学生の時拾ってきて
今年十一歳になる
お父さんは特に可愛がっていた
今ではお父さんの身代わりだ
顔つきまで似てきた
ニャーニャーと人をこき使うのも似ている
戸を開けてとか　エサをくれとか

結構ネコは人使いが荒いのだ

朝起きて畑に野菜の成長を見に行く
「孫よりかわいい」などと憎まれ口をきいていたお父さん
自慢の大根は確かに見事だった
「ナスの神様だ」なんて得意そうな笑顔を思い出す
もう少しだけお父さんの魂がこもった畑に
大根とナスくらい植えてみたい

草むしりも思うように出来ないけれど
せめて大根　ササギ　ナス
お父さんの精魂《せいこん》こもった畑を荒れ地にしたくないと思っている
海が好きで　釣りが好きな人だった

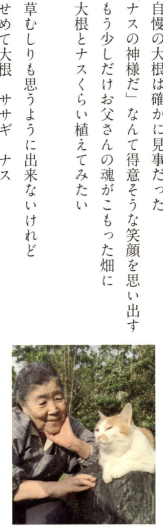

海を眺めるだけでもいいと　オートバイをとばした
釣って来ようものなら大騒ぎ
昔は　半紙を出せ　墨をすれで　魚拓《ぎょたく》をとったものだった

うっとおしくて口も利きたくないと思っていても
話しかけられて　ついつい笑わされてしまう　ユーモアのある人だった

お前みたいな幸せな奴はいないぞと言われていたが
今になって自分がいかに幸せだったか　思い知らされている
良くも悪くも五十年余りを共に過ごしたからには
愛憎を超えて　空気のような存在だった

俺が死んでもお前は長生きしろよと　よく言っていたお父さん
死にもしないくせにと思っていたら　その通りになってしまったね
お父さんが残したこの家を　ご先祖様の地を守れよということだったのか

お父さんの急逝《きゅうせい》を嘆く間もなく
大震災が重なってしまって
夢中で過ごしてきた六年だった

惜しい命ではないけれど
寿命の限りを全うしなければ
生かされた生命の意味がないのではないかと思うようになった

よろめく足を踏みしめて家に帰ると
玄関口でのびのび眠っていたおいらが
キョロリと目をあけて　ニャーンと鳴った
おかえり！　のつもりか
お父さん、入ってるね‼

独白

壁に掛かったお父さんの笑顔が語りかけてくる
順子……長生きしろよって
よく　〝俺が死んでも　おめえは長生きしろよ〟
って言っていたっけ
あのやんちゃな笑顔を見ると
いまだにお父さんが死んでしまっただなんて

思えない気がする時がある
お父さんの部屋にクーラーがはいったよ

第五章
八十四歳　今を生きる

七十八歳で被災し六年半……。
亡くなった夫と同じ八十四歳になった母の、前を見つめる今の想い。

鹿狼山《かろうさん》に誓う

振り向けば西側の山々を
稜線《りょうせん》にかかるもやが覆う
ああ　故郷に山河ありて変わらず
我独《われひと》り　老いの身を起こして大地に立ちて
許される日々あらば
重き生命の力試《ちからため》さんと願う

あらゆる事に
意味がある
人生には
何ひとつ
無駄はない

死んでたまるか

老いと衰《おとろ》えは止められない
老いと衰えは誰にも助けられるものではなく
自分で受け止めなければならない
ものだと思い知った
災害ならぬ老残《ろうざん》に

打ちのめされそうになりながらも
まだ私は倒れるワケにはいかないのだ
被災して多くのものを失ったが逆に沢山の出逢いがあり
目に見えない沢山の励ましも頂いた

衰えたりと云えども
まだ役目があると信じ
死んでたまるかと心に誓う

畑仕事

しびれる足を引きずって
リュウマチの手に鎌を持つ
草むらを這《は》いまわるようにして草をむしる
二か所骨折してしまった腰は伸びようもなく
一端《いったん》しゃがみこんだら四つん這いにならなければ
立ち上がることも出来ない

荒れ地を掘り起こし　二列ばかりうねを作り
ブロッコリーとキャベツを二株ばかり植えた

大草原の手前の空き地
キャベツは鳥につつかれながらも　丸まって形になっている
災害の時　全部伐採してしまった杉の忘れ形見
ひこばえの一本杉が六年の時を経て　結構伸びて形になった
せめて根元の雑草を出来る限り抜いてやろう
北側の川岸のうぐいすが　応援するかのように鳴いてくれた

空と海とを隔《へだ》てている
水平線を見てごらん
地球は丸いと感じるよ

なるようにしかならないのに

もう残り少ない人生なのだから　気ままに生きようと思っているのに
あくせく気をもんでいる
春になったら草むしりをする力が戻ってくるだろうか
ふらつかないで歩けるだろうか
つぶれた骨は固まっただろうか
なるようにしか　ならないのに

不安や焦りは隠しきれない
どんな状態で最後を迎えるかなんて
誰にもわかりはしないのだ

今から終末の心配をしてる
お母さんのように一年でお父さんを追いかけることは出来なかった
五年も生きている私
健康なら何年生きようと喜ばれるだろうが
健康寿命があと何年あるかは　わかりようもないのだ
今はまだ　自分の身の周りの仕事が出来るのはよしとしよう

振り向けば　いばらの道を貫きて
八十路のいのち　今もつなぎぬ
蒼《あお》き空は高く　雲一つなし

夏の記憶

引き揚げ者の私たちにとって　海は珍しくもあった
弟はすぐに泳げたが　鈍い私はとうとう覚えず
波乗りだけが楽しみだった

うねりに乗ってぴょんと飛び上がる
ふわりと体が浮いた時の　快感が忘れられない
時に浅いところでやると　いきなり波に巻かれてしまい
砂利《じゃり》に叩きつけられ　しこたま塩水を飲んだこともあった

家に帰れば外風呂のぬるい湯で砂を洗い
井戸に吊るしたスイカが待っていた

井戸端には魚をさばく母の姿
出刃包丁でカレイの頭をちょんと切る
内臓も取り出して　シロ（猫）が待っているから　ぽんと投げてやる
三枚におろして　刺身でも何でもＯＫ

カナカナとひぐらしが鳴く
今でもひぐらしが鳴くと　あの井戸端の母をはっきりと思い出す

女子大生

昨夜からの雨が降り続く
たっぷりのおしめりに　草木も花も　生き生きとよみがえる
静かな雨音に交じって
遠くで鳴いている　かっこうの声
季節をもろに感じている
災害の時　津波をかぶった　さつきの古い株
あの時ボランティアで来ていた女子大生が泥をすくってくれたとき
「この木　生きている！」と言ってくれた声が忘れられない

百年以上前に植えられた庭の木なのだ
私が嫁いで六十年　最初から見ている
この一株が残って　六年目の五月に咲いてくれた
ご先祖様の想いが　この庭を彩《いろど》っているのだろうか
塩水にも負けなかった植木は生き残っている
ならばよれよれでも　生き残らなければ　私も……

災いの大地に緑　蘇《よみがえ》る
きさらぎの大地に青菜《あおな》摘《つ》む我

たった一度の命

花も人もいずれは朽《く》ちる
花ならば次の季節も待たれるが
人の一生は　それで終わり
ならば最後の一日まで
大切に生きなければ

記念日
母の日だって

〈母の金言〉

今まで生きてきた中で、何度も励まされてきた母の言葉。
祖父母や先人から受け継がれたその言葉の数々を、
息子である僕からいくつか紹介させていただきます。

人生には　何ひとつ　無駄はないんだよ
ちゃんと　それを望めばね

仕事のことで僕が落ち込んでいたとき、母からかけられた言葉。いまは「理不尽」「不運」「失敗」などと感じるようなことでも、将来につながることがきっとある。全てのことには「意味」があり、それは必ず「経験」として生きるはず。確かにそうだな、と実感することが多いです。

憂きことの　尚この上に　積もれかし
限りある身の　力　試さん

「辛いこと、苦しいこと　いっぱい来い！　どうせ死ぬのだから、どれだけ自分が出来るか、試してやろうじゃないか」という意味の先人の句。これは明治生まれの祖母がよく言っていたのを母が受け継いだ。

まさに「戦争」体験者ならではの含蓄《がんちく》に満ちている。女性は強い！

寝るより楽《らく》は　なかりけり

ヤクルトの販売員として日中働き、帰ってすぐ家事をこなしていた母が、疲れきって夜　寝るとき、本当にほっとした表情でよく言っていた。

禍福《かふく》とは　あざなえる縄《なわ》のごとし

幸福と不幸は、より合わせた縄のように表裏一体。人間万事塞翁《にんげんばんじさいおう》が馬《うま》、ともよく言っていた。良いときほど気をひきしめて、悪いときでも諦めないで、という昔の教え。

やまない雨はない

今回の震災の際にも、まさに自分に言い聞かせた言葉なのだろう。

紐《ひも》っ端《ぱし》と　縄《なわ》っ端《ぱし》は捨てるな

例え不要と思った紐や縄の端っこでも、物干しをぶら下げる輪に出来たり、いろんな利用法がある。モノを大切にしろ、という教え。終戦直後、満州から引き揚げて極貧生活を味わった母ならではの言葉かもしれない。

親が死んでも　食休み

食後、必ず一杯の白湯《さゆ》をのみ、胃を落ち着かせることの大切さを説いた言葉

恩

〃親の意見と茄子《ナスビ》の花は　千に一つも無駄はなし〃
よく父にそう言われた
〃孝行したい時分に親はなし　石に布団は着せられず〃

今になって　思い当たることばかり
海よりも山よりも深い親の恩というけれど
私の場合　いまこの年まで生きて　受けているのは
子どもたちからの恩とも言える
お父さん亡きあと　続く災害からの再出発を
近くに住む娘家族が支えてくれた

息子も　何度も足を運んでくれた
最後の一瞬を　どこでどのように迎えるかは
誰にもわからない
だからあまり気に病まず
あるがままに生きることにしよう

空を仰ぎ　雲の流れを眺められる目もあり
緑の樹かげに鳴く鳥の声を聞く耳もあり
ニュースもドラマも楽しめるのだからよしとしよう

生きてるだけで　よしとしよう

師走

どこまでも高く　どこまでも蒼く
澄み切った十二月の空
ふんわりと流される雲たちよ
東へ向いて　やがて洋上に消えるのか
この地上に何が起ころうとも
春夏秋冬　季節は巡る
森羅万象《しんらばんしょう》　自然の摂理《せつり》に適《かな》うものなし

そんな中　垣間見るような人間の一生
喜びも哀しみも　瞬時の夢か　幻か
記憶の中で薄れていく　八十路のひととき
枯れ枝にしがみつき　風にふかれて
今にも散りそうなもみじの一葉に重ねている我が身は
今日の一日を有り難く生かされているのだ
己の最後の日をどう迎えるかは解りようがない
叶うことならば
周りに迷惑をかけないようにと　祈るのみ

東京五輪

2020年オリンピック開催のニュースで
日本中が沸いている
希望というつぼみがなければ
夢の花が咲くこともあるまい
災害列島　自然との闘いは永遠のテーマ
負けずに生きていけ　若者たちよ

第五章
八十四歳　今を生きる

今を生きる

雲よ　しっかり見ていておくれ
しゃがめば立つときは　四つん這いになって
雑草をつかんででも立ち上がる
老いが
病災が
衰えた体をさいなもうとも
与えられたいのちがある限り
生きなければならないのなら私は生きる

青空に漂う雲よ
よろけながら歩くわたしを　笑わないで見ていておくれ
夜空にはお父さんの星が見守っていてくれる
雲よ　今宵の限りを　見届けておくれ

ぼろぼろになっても　私は生きる
災害で知った　命の重さなのだから
今度は出来ることならば
助けられる側よりも　助ける側に立ちたい

母の言葉を是非歌にしたいという福島在住の女性歌手・箱崎幸子さんに、母が書き下ろした詞が実際に歌となり、いま被災地でも歌われている。

生きてやろうじゃないの　歌：箱崎幸子

作詞：武澤順子　補作詞：あかぎてるや　作曲：藤竜之介　編曲：猪股義周
JASRAC出1710096-701

笑顔忘れて　涙にくれて
明日《あす》が見えない　夜もある
そんな時　思い出す　言葉
喜び悲しみ　人生は　何時でも裏表
※雲よ　何処に行《ゆ》くの　風のまゝに
あなたがみてて　くれるから
生命の重み　受け止めて
生きてやろうじゃないの

照る日　曇る日　雨降る朝も
背中押されて　転ぶ日も
そんな時　思い出す　あなた
青い大空　向うから　ほゝえみかけてくる
雲よ　心あれば　答えておくれ
あなたと一緒　これからも
愛しき日々を　忘れずに
生きてやろうじゃないの

※くりかえし
生きてやろうじゃないの
生きてやろうじゃないの

あとがき　武澤順子

人は皆それぞれの宿命を背負って、生まれてくるのでしょうか。

好むと好まざるとに関わらず、生きていくには色々な出来事が起こり、喜びも悲しみも受け止めながら、その歩みは続きます。

それを「人生」と言うならば、八十路半ばを迎えた私には、その中で二度の大きな試練がありました。


戦争と、震災……。

大陸の都会育ちだった私にとって、満州から引き揚げ、父の故郷の福島で農業に従事する生活は、１８０度の転換でした。

ガスも水道もなく、外トイレ、外風呂。

戦後の貧しい時代ではありましたが、心まで貧しくはなかったことが救いでした。

震災後も一時は絶望のふちに沈みましたが、幸い近くに住む娘の家族に救われ、息子にも励まされました。

地域の皆様や、震災後に知り合った多くの方々にも支えられ、生かされてきたことを改めて感謝申し上げます。


あれから六年半経ちますが、いまだに復興の道は厳しく、険しい道を歩んで居られる方は大勢いらっしゃいます。

地球温暖化の昨今、災害の世紀を生きることは避けられない現実……。


これからの時代を生きていく若い方々には、何があっても自分を見失うことなく、しっかりと周りを見つめて行動してほしいと願います。

そして何よりも健康であること。健康であり、体力があれば、少々の苦難には耐えられるものです。

共助、自助……最後は、自分自身の覚悟だと思います。

何の変哲もない市井《しせい》のひとりである老婆の繰《く》り言《ごと》を、紙面に載《の》せていただくなど、甚《はなは》だおこがましく、申し訳ない気持ちでいっぱいです。
ただ今まで支えていただいた皆様に感謝をこめて、最後の一日まで精一杯、生きさせていただきたいと祈っております。

ブックデザイン　塚田男女雄（ツカダデザイン）
写真撮影　小山人志
本文イラスト　大須賀ケイ
カバー表4イラスト　久保木侑里

〈SPECIAL THANKS〉
小山人志　飯田雅一　黒崎太郎　今村司　小松良徳　納富隆治　尾高賢哉
小林景一　中川武文　将口真明　田中裕樹　牧戸ジョージ　久世和彦　吉永茜
長田瀬良　沼尾ひろ子　豊嶋修　大窪正志　菅野由喜男　渡辺時彦　藤井節子
佐竹愛　佐藤禎一　佐藤とく　佐藤諒一　佐藤奈美　佐藤里穂

〈著者プロフィール〉

武澤 順子

昭和８年旧満州、旅順生まれ。昭和21年、終戦のため引き揚げ福島県相馬郡新地へ。結婚後、一男一女をもうけ、主婦業の傍らヤクルト販売店員として39年間勤務。52年連れ添った夫・豊を事故で亡くした３か月後、東日本大震災で被災、家も半壊。震災からの再生を綴った「震災日記」が平成24年「生きてやろうじゃないの！ 79歳・母と息子の震災日記」（小社刊）として上梓され、本書はその続編。令和３年10月29日逝去。享年88歳。

〈監修者プロフィール〉

武澤 忠

フリーディレクターを経て、現在日本テレビ放送網株式会社チーフディレクター。TBS「ブロードキャスター」「スペースJ」、日本テレビ「ザ！ 世界仰天ニュース」「おもいッきりイイ！テレビ」「DON!」等を担当。実家を取材した異色のドキュメンタリー「リアルワールド　ディレクター被災地へ帰る　母と僕の震災365日」は平成24年度文化庁芸術祭参加、番組審議委員会推薦作品となる。

詩集　生きてやろうじゃないの！

二〇一七年九月十三日　第一刷発行
二〇二二年四月十一日　第四刷発行

著者　武澤順子
監修　武澤忠
編集人 発行人　阿蘇品蔵
発行所　株式会社青志社
〒一〇七-〇〇五二　東京都港区赤坂五-五-九　赤坂スバルビル六階
（編集・営業）
TEL：〇三-五五七四-八五一一　FAX：〇三-五五七四-八五一二
http://www.seishisha.co.jp/

印刷 製本　中央精版印刷株式会社

ISBN 978-4-86590-051-4 C0095